사랑 그 소리

鄭正吉 詩集⑧

신세림

사랑 그 소리

鄭正吉 詩集⑧

첫 노래

사랑 그 소리

우리는
어디서 와서
어디로 가고 있을까
서로 끊을 수 없는
품앗이 동반자

영원한 아가페
우주의 기호
꿈의 블랙박스

해독할 수 없는
저 암호문
풀리지 않는
수수께끼의 열쇠를
누가 보관하고 계시는지
찾아 떠도는 동업자

지금도 전문은
어디서 와서
어디론가 가고 있다

2003. 6
저자 드림

정정길 시집

6

제1부 ... 가는 천 년 오는 천 년

가 는 천 년 오 는 천 년

설화 저무는 날
소리없는 문자가
언어로 피어나

달빛 어린 향수에
주고 받던 밀어를
스피드로 포장하여
보내고 나면

백년을 10분의 1로
십년을 10분의 1로
일년을 10분의 1로
뛰어넘고 넘어
또 오고 있다.

햇 살

너
가는 자락에
부질없는 몸살

온통 앓고 난
그 자리를
덮어버린 노오란
망각의 덫

천년의 강
여울목은 그렇게
흐르고 흐른다.

(1999. 10. 27)
(2000. 5. 월간문학공간)

1999

까치 무리
황혼 가르며
수 놓은
천년 살이

눈
깜짝 할 사이
깃 털 스친
곡예의 한 순간
순간!

산타크로스

때되면 기다려지는
하얀 나눔의 전령

꿈과 추억이
서로 교차하는
하늘 나그네

겨울 동화속의
일등 주인공

입춘대길(立春大吉)

처마밑에 그을린
제비 둥지에
주름진 바램이
힘겹게 달려온
무거운 걸음
혹여 날씨 궂어
먼길 길 떠나기가 힘들까
걱정 앞서지만
그래도 한시름
접어보는 노파심

(2001. 2. 4)

14

우수(雨水)

아직은 미명
고드름에 줄줄이 엮여
길게 늘어 서있는
짙은 어두움 지나
먼 창공
빗장 풀고
고운님 만나려고
나들이 준비한다.

(2001. 2. 18)
(2001. 5. 한국시예협회 시도예전)

경칩(驚蟄)

미루어 둔
딱 한 장 남은
방학숙제
적당히 넘어갈까
이방 저방 다니며
망설여 보았지만
문풍지를 파고드는
서릿발 같은
저 매서운 눈초리
무슨 수로 피할 수 있어
차라리 종아리 걷는 편이
훨씬 더 낫지

(2001. 3. 5)

16

춘분(春分)

즈믄해의 신작
교향곡 21번을
협연할 연주자들에게
초청장을 보낸 호반

무대장치
관객동원등
홍보활동에 부심하고

물결은
악보 손질을 끝내고
쉼표를 찍으며
막 올릴 시간을
조용히 알려주고 있다.

(2001. 3. 20)
(2001. 5~6월호 문예비전)

한식(寒食)

산천에 녹아드는
개자추의 고사

효는 장농
깊숙히 넣어두고

긴 행렬
길 놀이에
바쁜 하루

(2001. 4. 5)

18

청명(淸明)인데

이곳
저곳에서
산불 소식

한 백년 뒤에나
푸른 솔 가지에
오늘이
꽃피게 될까

(2001. 4. 5)

하지(夏至)에

오디가
장보러 나온
오늘
하늘은 회색

비 몇 방울
모시더니만
입술만 까맣게
물들이고 있다.

(2001. 6. 21)

20

제2부 ... 길

길

걷고
또
걸어

어제도
오늘도
―――――

내일은
또
그
어디까지

(2000. 5. 한국시예협회 시도화전)

처 마

거기 그곳에
비록
찌들린 삶이
늘 애태우며
머물러도

아궁이엔
한결같은 사랑이
불 타고 있다.

(2000. 5. 한국시예협회 시도화전)

25

짚가림의 향수

잡초 시들은
도로 따라

허수아비
길 장가 보낸

노을속의
참새 부부

허전함 달래며
그래도 어디엔가
방앗간은 있겠지?

(2001. 봄호 환경문학)

그리운 물결

열대야에 지친 별잎
밤 거두어 돌아가는
숲속의 새벽 길

성하의 고독
매미의 긴 울음
저 연민의 소리

맘결 곱게 만나
어두움 밀어내는
고운 빛 아침

(1997. 10. 월간문학공간)

서동철 시인의 월평

정정길씨의 〈그리운 물결〉 전문을 본다. 간결성이 넘치면서도 의미는 더 큰 모습으
로 읽는 이를 압도하는 힘이 있다. 자연친화적이며 자연관조적인 서정세계를 곱게
곱게 형상화 시키는 모습에서 시인의 성숙미를 엿볼 수 있다. 정적(靜的) 사유에의
한점 잘 그려진 동양화폭을 대하는 듯하다.
(1997. 11월호 문학공간에서 발췌)

과수원에서

앙상한 가지에 남은
핏기 없는 과피(果皮)

이 실락원(失樂園)의 겨울
햇살 한점 지난다

헐벗고 다 태운
저 초라한 모습

그것은 오직 하나
영원한 참사랑

거듭거듭 태어나도
그것은 영원한 참사랑

(1998. 7. 월간문학공간)

서동철 시인의 월평

정정길씨의 〈과수원에서〉 전문을 본다.
자연과 순전함이 수수되는 현상에서 관조적이며 친화적인 모습을 본다. 한발 다가
서서 혹은 한발 물러서서 때로는 가까이서 때로는 저만치 멀리서 정적사유를 공감
하게 된다. 때로는 정적이면서도 때로는 동적인 자세로 다가섰다가는 다시 물러서
는 시인의 세계를 동행하고 있다.(1998. 8월호 문학공간에서 발췌)

모과 단상(斷想)

백로 슬며시
지나간 자리에
아직은 덜 익은
가을이
먼 발치서
이리 기웃
저리 기웃
마음을
영 못 정하고 있었다.

(2000. 9. 10)
(2001. 봄호 시와 산문)

안 개

이슬들이
모여 산다는
동네

이정표가 없어
아무도 가본 적이
없다는 동네

그래도 언젠가는
꼭 가봐야 한다는
신기루 동네

(2000. 8. 28)

해안선을 따라

분명
걸어온 것은 사실인데
돌아다 보면
아무 흔적도
보이지 않고

또
걸어가야 하는데
역시
잘 보이지는 않는다
그래도
뭔가 있을 것 같아
걸어봐도
아무것도 보이지 않는
발자국

江에서

백로 한 마리
가을을 몰고
이 잎새
저 잎새
바쁘게 돌아다니는데

곁눈질 할 사이없는
물살
단, 한점의
미련도 없이
산색을 뒤로 하고 있다.

(2000. 9. 24)

흔 적

망각의 여로에서
끝내
떠나지 못하고
일기장속에
머물고 있는
미련

(2000. 11. 24)

그리움

설화 핀 가지에
숨겨놓았던 눈물

끝내 꽃망울로 피어나
궂은 비 오시는 날
애간장 끓이다가

빛 저무는 날
그마저 다 타버릴까봐
안절부절 하며
다시 묻어두는 설레임

(2001. 한국시예협회 시도예전)

34

제3부 ... 달맞이 꽃

배 꽃

화사한
너의 날
다 하면

몫으로 남을
사랑 한 조각

복사꽃 편지

못내 부끄러워
불그스레

긴 장마
나루 건너
원두막 떠나면

빛 한줄기
속 울음
고이 싼다.

(2000. 한국시예협회 시도화전)

목련꽃에

날 불러
님 맞이 슬쩍
귀뜸한 四月

잠시 머물
화사한 자태

그 옛날
옷깃 스친
애상의
연서로 맴돌며

지워지지 않는
얼굴로 떠오른다.

개나리

그 먼
여행길에서
보내주신
캠브리지 엽서

초승달
창가에 펴 놓고

고마운 뜻 전하는
활짝 핀
노오란 내 마음

(2000. 4. 10)

故 윤종혁 박사께서 200년 4월 1일자 캠브리지의 소인이 찍힌 안부 엽서를 주셨다.
그 고마움을 마침 피어있던 개나리꽃에 뜻을 담아 답서로 대신하였다.

진달래께

새벽 등산길을
오르고 내리며
마주한 당신

그 동안
말 한마디 제대로
건네 보지도 못하고

벌써
떠날 시간이라니

아직도 여전히
붉은 여운은
머물고 있는데

벚 꽃

너
올 때 마다
곱지 않은 눈 길

그래도 남도 바닷가
어느 떠도는 물결에선
늘 한마당

너야 알바 아니지만
때 마다 피고 져도
반겨주는 이 있으니

달맞이 꽃

밤 마다
아무도 모르게
창문은
왜! 다 열어놓고
지새우고 계실까

오시는 이
뉘시기에
그리 기다리시다가

새벽이면
졸리운 눈
끝내 못참고

등 거두어 들고
슬며시 홀로
돌아 가실까

(2000. 8. 14)
(2001. 봄호 시와 산문)

호박꽃

가꾸며 뽐낼줄도
모르는 곧은 성품
걸핏하면 모질게
내어 뱉는 말
그저 모르는 체
새색시 마냥
별 소리를 다들어도
묵묵부답(默默不答)

뜨거웠던 지난 여름
속 깊은 상처
가슴속에 묻어두고
꽃피워 받친
눈물 겨운 정성

서리 내리는
들녘을 지나며
남겨주신 정 하나
이제사 다시 한번
떠올려 본다.

(2000. 9. 21)

감

속 앓이
깊이 다져

찬서리
햇살 끝에
까치 몫
챙겨놓고

겨울 창가를
살살 녹여내리는
붉은 빛 사랑!

(2000. 12. 동방문학)

노을에 지는 사과

긴 봄날
부끄러움 없이
웃음의 나날 보내놓고
낙엽지는 이제사
왜 그리 발그레

속 다르고
겉 다른 것 같지만
주시는 좁은
한결같은데

민들레

N세대 때에는
노랗게 염색하고
쉰세대 되어서는
하얗게 물들여
머리결 바람에
휘날리며
눈치 안보고
신나게 살아가는
멋장이 죽마고우(竹馬故友)

(2001. 5. 7)

50

제4부 ... 귀뚜리의 노래

입동의 햇살

어제는
환한 웃음

오늘은
엷은 미소

그래도 한결같은
굴렁쇠 사랑

새벽 강에서

꽃비 내린
산책로

얇은 안개
모락 모락

산 허리 띠 두른
실구름

선잠 깬
어린 싹에 씽긋

(2000. 제11호 서해아동문학)

꽃 오시는 길목

엷디 엷은
아침 햇살
지난밤 내린 비
곱게 접어들고
가지마다 하나씩
나누어 주려고 하는데
심술궂은
구름 몇조각
밉살스럽게
쭈그리고 앉아
속을 썩이고 있다.

(2001. 3. 10)
(2001. 4. 시사랑)

수평선

쫓아
달려 가면 갈수록
더
멀리
아주 더 멀리서
손짓만 하는
벗이기에
그저
바라만 봐야하는
짝사랑

(2000. 8. 3. 울진 망향정에서)
(2000. 9. 시사랑)

갈매기

외로운 선부의
벗
날개짓 하나에
맞이하고
보내는
파도의 전령

(2000. 8. 3. 울진 등대에서)
(2000. 제11호 갯벌문학)

녹 음

텅 빈 가슴
늘 채워주시는
하얀 속살의 깊은 정

모자라는 사랑은
하늘의 뜻에 맡겨두고
인내하며 기다릴 줄
아는 나그네

그 모든 것 저 홀로
이룰 수 없다는 이치를
상처뿐인 이 영혼에게
다시 한번 더 일깨워주시는
침묵의 반려자

(2001. 6. 가정과 건강)

매 미

칠년간
다듬고
다듬은 목청

데뷔 칠일만에
떠나야 하는
가수 살이

당신의 여운은
한점 구름이어라

소라의 꿈

해안선 저 멀리
묻어둔 그리움
하나!

파도가 물고와
모래톱에 얹어놓고

등대21!
신작 #7번
밀어를 연주하면

달빛은 하얀 모시에
사랑을 한올 한올
곱게 수 놓는다.

(2001. 7. 가정과 건강)

가을비

홀딱 벗긴 여름이
해변에 묻어둔
미련 하나 더 있어
꼭 만나보고
떠나겠다고
성화를 부리며
여행표 한 장만
예약 해달라고
밤새 창문을
두드리고 있다.

(2000. 9. 14)

송어의 가을

붉디 붉은 단풍잎을
한입 가득 물고
요리 댕기고
조리 밀치며
까무라치도록
가르는 물살

배 밑에 깔린
하늘만
온통
몸살을 앓고 있었다.

(2000. 10. 26)

〈평창군 미탄면 강원수산 양어장에서〉

귀뚜리의 노래

볏단에 묶인
哀想의 합창
찌르르 찌르르

마지막
고운 잎
한아름 걸머지고

나루
건너기 싫어
찌르르 찌르르

(2000. 12. 동방문학)

제5부 ... 이슬비 오시는 거리

산 메아리

멍들어 울지 못하는
란(亂)의 나날들

응어리로 남아
흐느끼는
한의 상처

하얀 몸부림
그 먼
태초의 꿈

(2001. 봄호 환경문학)

강심(江心)

뒤도 없는
너의 눈물

머물지 못하는
아픔이 아니라

거부할 수 없는
유한의 한계에

이미 상실한
숨결 때문이다.

(2001. 봄호 환경문학)

해정(海情)

백년을 앓고
또
천년을 병들어 신음할까

그물에 걸려
길게 빠진 코

어창(魚艙)의 빈 가슴엔
해심(海心)의 한숨뿐

(2001. 봄호 환경문학)

여름산을 보며

얻은 것을 X
잃은 것을 Y라 한다면
성립될 등식은

① Y〉X 일까
② Y＝X 일까
③ Y〈X 일까
④ Y≠X 일까

정답은 없다
대답은
란(亂)

여름바다

가끔씩
구름꽃 끌어안고

무뚝뚝하게
칭얼대는 푸념

오일펜스에 그어져
뱃전에 나부끼는
검은 속셈의 눈가림

아!
그저
힘없는 한숨 뿐

(2000. 제11호 갯벌문학)

70

낙엽지는 밤에

요즈음 세상살이
돈으로 계산한다.

정치도
기업도
우정도
심지어 사랑도

참으로 한심하다
어쩌다 이리됐노

아!
맹상군과 풍훤이
몹시도 그리운
서글픈 달밤이구나

서리 내린 들녘에서

예쁜 얼굴에
경운기를
손수 운전하는
아낙네

다 익은
들녘을 싣고
묵묵히 가고 있는데

풍성한 농로 저쯤에
어미소의
울음 소리가
한없이 무겁게만 들리는 것이
마음에 걸렸다.

강변풍경

산 구름과
물안개가
허리쯤에서 만나
잎새를
채색해 가다가
아침을 여는
물새에게
단풍잎은 언제쯤
물고 올 생각이냐고
물어보고 있다.

(2000. 9. 27)

落葉을 밟는데

수변로엔
화사한 개나리가
공원 벤취쪽엔
붉은 철쭉이
때늦게 피어나
살짝이 웃고 있는데

이미
고별사를 마친
빨강
노랑이

배웅은
어디서 하실거냐고
항변하고 있다.

(2000. 11. 5)

소나무씨

님께서는 곧잘
선비의 기개(氣槪)에
비유되곤 하셨는데
오늘 이 아침
신문과 T.V에 비친
나라꼴이 하도 더러워서
또 한번
님 생각을 하며
뭐 할 놈들이라고 욕해본다

이슬비 오시는 거리

고추 모종이 보인다
흥겨운 흥정을 한다
때 마침
우산이 끼어든다
참으로 오랜만에
오시는 손님이다
이왕 오신김에
며칠간 푹 쉬시다가
가셨으면 좋으련만

(2001. 5. 7)

제6부 ... 반 달

안개 숲속에

강 건너
등 하나가

솔 가지
숲 사이로

아직은
이른 저녁인데

이리 기웃
저리 기웃

저녁노을

티 하나 없는
하늘을
곱게 물들이고
먼 산
봉우리 사이로
사알짝 숨어들며

초가을 영그는
소리를
맑은 물에 띄워놓고
천천히
노 저으며 가라고
손짓하고 있다

(2000. 9. 19)

코스모스 곁에서

빠알간
고추 잠자리
한 마리가
아직도 못 떠나고
앉을 듯 앉을 듯
주저하며
빙 빙 떠돌고 있는 것이
한들 거리는 모습에
넋 잃은 걸음인가
저리도 힘들어 하는데
들녘은 벌써
뉘엿 뉘엿
저물고 있다

(2000. 9. 25)

물결치는 들녘

걸채한 어미소
뒤따르며 울던
송아지의 빈 가슴

산마루에 걸터 앉은
노을에 물들며

초가 굴뚝
저 너머로
하얀 연기가
피어 오르던
그날을 아련히
그려보고 있다

(2000. 9. 26)

※ 걸채 : 소 등의 길마 위에 덧얹어, 볏단이나 보릿단 등을 싣는 농기구

석류의 여로

초롱박 가득 채운
연분홍 미소에
다소곳하게 앉은
시월의 연인

꾸밈도
꺼리낌도 없이
지난 여름
긴 애기를
서리꽃에
들려주고 있다

툇마루 소곡(小曲)

빚어놓은 곶감에
나비떼 모여 앉아
겨우 살이
반상회를 열고 있는데
기우는 햇살은
아랑곳 하지 않고
찬바람만
청하고 있구나

만추의 새벽에

서리 맞은
장미 몇 송이
울먹은 얼굴

호반의 수면은
본체 만체하는데

그냥 지나치기가
하도 민망해서
목례는 했다

반 달

어디서
함사시오
함사시오 하며
들려오는 함성에

날 부르는 줄 알고
벌떡 일어나
창문을 열어보니

저 먼저
윙크로
축하 인사를
나누고 있더라

단풍 떠나는 강

세월 다 지나도
한결같은 마음

아름다운 자태는
늘
아쉬움의 씨앗
기다림의
노을이라네

채석강에서

파도 겹쳐오는
이랑 사이
수반석으로 나부끼는
섬마을의 갯향을
이백의 술잔속에
한잔 그득 채우고
서럽게 퍼 마시다가
남은 한잔은
낙조에 맡겨놓고
흥겹게 돌아섰다

(2000. 11. 7)
(2001. 신길우 교수 회갑기념문집 수필과 인생에)

잿빛 하늘

지난 가을 채색하여
몰래 쌓아두었던
긴 사연

한 장씩 부쳐 보내려다
들켜버린 하얀 연서
겨울 답신

올듯 말듯한
속모를 심사에
공연히 안절부절

벨 소리만 울려도
가슴 철렁한
그런 하루였다

(2000. 11. 30)

제7부 ... 풍 선

산수유가 피는 산로에서

꽃망울에 살짝
걸려있는 잔설(殘雪)

제법 우렁찬
물 소리에 놀라
벌써 떠났을 법한데

쥐꼬리만큼 남아
왜 못떠나고
애태우고 있을까

(2000. 4. 12)

무성한 잎새속에

소나기 지나며
잠깐 내려놓은
무더위

그
모두
잠시……

댕댕이 바구니에

눈(雪) 가루
한바가지 잘 버무려
곱게 빚어

매화(梅花) 피기 전에
님 맞이 한시루
먼저 보내면 어떨까

지독한
이 겨울도 어쩌지는
못할 것 같은데

(2001. 1. 14)

강남에 띄우는 편지

하얀 음계가
건반에 쌓이는
이 밤
찹쌀떡, 메밀묵
외치는 소리에 혹여
불협화음 될까 두려워
조심스럽게 오음(五音) 칠음(七音)
한 장씩 골라
소식 한줄
서둘러 보내려고 하는데
마음만 먼저
앞서가고 있다

(2001. 1. 27)

하얀 저녁 손님에게

긴 두루마리에
지난 밤
안부 물어
소인 찍은 지
벌써 한달여

해 걸음도 이미
슬금슬금
이눈치 저눈치라

몇줄 더 적어서
보내놓고 있는데
오시기는 왜
또 오시는지……

(2001. 2. 15)

세월단상(歲月斷想)

언 땅
틈새 사이로
겨울이 졸졸

나목에
걸터앉은 햇살
느긋하게 콧노래
부르며 생긋

강은
두툼하게 입고있던
하얀 동복을
한벌씩 한벌씩 벗으며
초생달 건너 갈
징검다리를 놓고 있다.

(2001. 3. 1)
(2001. 7. 월간문학공간)

꽃샘추위

비늘이 파닥거리는
도마위로 매서운
갈매기의 눈초리가
무섭게 번뜩인다

그 보다
더 강한
부드러운 손놀림이

파도를 한쟁반 받쳐들고
빗발치는 재촉을 한다
적당히 들고
어서 떠나시라고.……

(2001. 3. 26)

황혼(黃昏)

꽃잎 불살라
눈꽃(花雪)으로
돌려 보내고

남은 몫은
푸르름으로 물들여
가시는 봄날의
귀가 길을
아름답게 뒤따르는
고요한 발자국이어라

(2001. 4. 15)

불태우는 이랑

듬성 듬성
타오르는 연기속에
볕은 따갑고
하얀 냉이꽃은
바람결에 살랑 살랑
시집 갈 꿈 엉그는데
메마른 논밭들
하늘 쳐다보며
언제쯤 오시려나
침 꼴깍——

어디선가 울어대는
까치 소리에
귀 쫑긋 해 본다.

(2001. 5. 6)

신호등

한 울타리 세가족
한 몸으로 동거하며
동행할 수 없는
친구들, 그래도

언제나 나보고
이래라 저래라
명령만 한다.

(2001. 5 .8)

풍 선

바람에 기댄 채
동여매인 가슴을
활짝 열어놓고
아무 거리낌도 없이
태양과 마주하며
무지개 빛 소문을
마음대로 퍼뜨리는
수다쟁이!

(2001. 5. 28)
(2001. 7. 월간시사랑)

제8부 ... 등 대

겨울 호반에서

단,
한마디의 말도없이
침묵하는 당신

지난 가을
물결에 수 놓았던
노을의 속삭임은
어디에다 숨겨두시고

초승달 지는 이 밤에
숨소리까지 죽여가며
가슴앓이 하시는
이유가 뭐신지요

(1999. 1. 25)

오시는 봄 어귀에서

꽁꽁 얼어붙은
호반의 빙판위로
석양 빛 나그네가
곱게 미끄러져
어둠에 묻히면

별빛은
널 맞으려
이 강가에서
가는 울음 소리를
홀로 엿들으려
밤을 지새우고 있다

등 대 2

떠도는 영혼의 고향
동백의 향수가 깃들고
망부석의 눈물 고이는
아득한 저 뱃길의 내 애인

홀로 넘치는 외로움을
고독의 벼랑에 기대어 놓고
절망의 끝을 수 없이
이어가는 환상곡속에

그 숱한 나날의 고통을
안으로는 감추고
밖으로는 웃음주는
영원한 피안의 모정

신경초

옷깃 살짝 스쳐도
부끄러움 타는
저 여인의 자태

속살 접는 몸짓에
녹음이 흐른다

깊숙한 곳 그 어디에
숨겨놓은 사연 있는 듯

석양의 그림자에
빗장 닫아 걸고

별빛에 고이 잠드는
가냘픈 숨결

낙 조

물들어
흐름이 아쉬운
여울목 물살

한아름 석정(惜情)을
풀잎에 입맞춤하며
가만히 돌아가는
애상의 붉은 손짓
늘 기다림으로 남아
날
부르고 있다.

(1999. 9. 월간 시사랑)

천사슬

솔바람
가지 끝에
지는 여름 밤

풀섶엔 외로운
귀뚜리 울음

언제나
안타까운
보내는 여정

(1998. 3. 월간문학공간)

※ 천사슬 : 교묘한 속임수를 쓰지않고 자연에 맡겨 되어가는대로 한다는 것

연(鳶)

넌
외가닥

그
단심(丹心)

단 한번의
심중(心中)

(2001. 봄호 환경문학)

온 천 ♨

에덴의 ♂♀가
쫓겨난 부끄러움에
억겁을 기다린
살풀이

오직
나를 잊고
너만을 위한
내안의 너다

(2001. 2. 19)
(2001. 5~6월호·문예비전)

인터넷

ET와 교신하는
미로의 ○간
뇌속엔 화폐가 둥글다는
색소로 꽉찬 365

태양이 지구를
돌고 있다는 한마디에
그만 우주 정거장의
길을 잘못 찾아
아리스토텔레스의 방문을
키보드로 노크한다
지금은 21세기
소리따라 문자가
날아 다니고 있다

네티즌

황도 십이궁의 그
궁성을 향하여
대자보를 남발하며
코페르니쿠스와 해커가
논쟁을 벌이는
기호의 군단들

광음의 바다에서
무한의 꿈을 안고
오늘은 이☆
내일은 저☆
마우스의 힘을 앞세워
손가락 하나로
힘찬 전쟁을
무수히 치루고 있다

어항(魚缸)속의 유희(遊戲)

간혀있는 자유
제한된 환희
누리는 자신의 안무를
스스로 표현하는 무대라
비상구도, 박수도
반주도 없는 몸짓인데
우리들처럼
피로 얻은 공간은 아니다

맺음 노래

아담과 하와의 공범 그 이후

과일 도둑질에
잃은 건 동산
챙긴 건 달거리
팔아야 할 건 품팔이
받은 건 죽음
남은 건 그리움

염주를 들고
묵주를 들고
푸닥거리를 하며
아무리 외치고
발버둥 쳐봐도
우리가 걸머지고 있는
죽음은 결코
내려놓을 수 없다는 것이다

저자약력

부산수산대학졸업
수협중앙회
단양문학회 초대회장 역임
한국문인협회회원
(사)국제 미협 작가협회 문예위원

시 집   엄마바위 애기바위
등대 저너머 사랑이
소망의 동산 에덴까지
어촌
파도따라 갯마을 저 너머
남한강은 흐른다
십자가

공 저   풍차도는 마을, 간이역, 겨울강
그 파랑새, 사람사는 얘기등

수 상   대통령상 수상

인 지
생 략

사랑 그 소리

초판인쇄 2003년 8월 11일
초판발행 2003년 8월 18일
지은이 정정길(E-mail : jjk4851@kornet.net)
디자인 김인호

펴낸이 이혜숙
펴낸곳 도서출판 신세림
(서울시 중구 충무로5가 19-9 부성빌딩 702호, 02-2264-1972)
등록일 1991. 12. 24 · **등록번호** 제2-1298호

정가 6,000원
ISBN 89-85331-96-5   03810